Watsonville

Sra. Bylsma

Doyle

. Potts

Sra. Niobe

América

Hopis

¡PAPABERTIE HA DESAPARECIDO!

HOPI

J.L. BADAL

¡PAPABERTIE HA DESAPARECIDO!

ILUSTRACIONES DE ZUZANNA CELEJ

laGalera

A Humbertus. De un modo u otro,
siempre nos reencontramos.

J.L. BADAL

Primera edición: octubre de 2017

Diseño de interiores: Xavier Peralta
Diseño de cubierta: Duró Studio
Edición: Olga Portella Falcó
Dirección editorial: Iolanda Batallé Prats

© 2017, J.L. Badal, por el texto
© 2017, Zuzanna Celej, por las ilustraciones
© 2017, la Galera, SAU Editorial, por esta edición en lengua castellana

Casa Catedral ®
Josep Pla, 95
08019 Barcelona
www.lagaleraeditorial.com

Depósito legal: B-16.554-2017
Impreso en la UE
ISBN: 978-84-246-6084-0

Impreso en EGEDSA
Roís de Corella 16
08205 Sabadell

33614081386814

Índice

HOPI

FERNANDO

BALBINA

PAPABERTIE

SALAMI

MUTOMBO

EL MONSTRUO DE SHARLOK HOME

Ha llegado la nieve.

El invierno ha acariciado el paisaje con su mano bondadosa y gélida, y los prados parecen dormir bajo una sábana blanca. Los árboles están inmóviles como estatuas de sal, los conejos dejan sus huellas en la nieve y, por la noche, la luna brilla en el cielo mientras un búho despistado dice: «¡Uuuuuuu, uuuuuu!».

En cuanto anochece, nuestros amigos ya no se apartan del fuego. Cerca del hogar, con una bebida de cacao bien caliente, Fer, Balbina, Hopi, Papabertie y la Buba Luna Volanda leen un libro que los mantiene despiertos hasta muy tarde. Se trata de *El hombre invisible*, del gran escritor H. G. Wells. Y mientras leen o escuchan, van comiendo las galletas de pasas con chocolate que les ha preparado la señora Nonna, la cocinera que se preocupa de que no pasen hambre. ¡Son las galletas preferidas de Hopi! Aunque quien más come es Papabertie, claro está.

De día se pasan todo el tiempo jugando con la nieve. Saltan, dan volteretas, se arrastran y se arrojan enormes bolas de nieve. Chillan como locos, construyen un gran muñeco de nieve y después lo destrozan montándose en él. ¡No pueden parar de reír ni de moverse! A veces a Hopi se le congela la nariz y Papabertie tiene que soplar para que entre en calor.

—**¡WHORFFFUUUU!** —sopla Papabertie.

—**¡Hopiiiiii!** —sonríe el pequeño detective.

—Se te quedará la nariz de color blanco, Hopi… —se ríe Fer.

«¡PLOFF!», Balbina le ha arrojado una bola

gigante de nieve con una pequeña catapulta que acaba de improvisar. «¡Ay!».

Papabertie se tumba panza arriba, Hopi se sube a un arbusto y… **¡HOP!**, salta sobre la gran barriga. ¡Cómo rebota! Se ha estampado contra el tronco de un roble. Mientras la Buba Luna se ríe, un montón de nieve ha caído y la ha cubierto del todo. Todos han corrido a ayudarla. Mientras tanto, Papabertie se ha dormido boca arriba… ¡Es la alegría del invierno! ¿Quién podría estropearla?

—¡Hogrgrogrrrossso! ¡Hogrgrogríííísssssssoo!

Es el Profesor Salami. Él va a estropear la alegría del invierno. ¿Pero qué le pasa? Está chillando y se aproxima corriendo. ¡Se ha caído, y parece que está muy nervioso!

—¡Hogrgrooogrooooooossssooo! ¡Aaaayyyy! ¡Un monstrgrgruo! ¡Un monstrtrgruo hogrrrrible!

Las orejas se le han puesto moradas y casi no puede hablar.

—¡Cogreed, cogred todos hacia la escuela! ¡Lo he oído! ¡En el bosque!

—¡Rápido, vayamos adentro! —se apresura Fer—. Pero… ¿Dónde está Papabertie?

—¡Hace un rato estaba aquí con nosotros!

—**¡Hopiiiiii!** —Hopi empieza a preocuparse.

—¡Dejad a ese pegrro putrgrefacto! ¡El monstrgtrguo ya se lo zampagrá! ¡Ya está aquí!

Pero no hay ningún monstruo a la vista y todo el mundo continúa buscando a Papabertie. De repente, Hopi encuentra algo.

—**¡Hopi-hopi-hopi!** —ladra nervioso.

¡Es una oreja de Papabertie!

—¡Puajjj! ¡Qué asco! ¡El monstrgrgruo se lo ha zampado! ¡Pobrgre pegro piojoso!

Un metro más allá aparece la cola. ¿Qué ha pasado?

—¡Papabertie! —grita Balbina.

—**Whoooorfff...** —se oye débilmente. La Buba Luna se arroja de cabeza a la nieve. Fer entiende lo que intenta decirles.

—¡Papabertie está debajo de la nieve!

—**¡HOPI!** —empieza a escarbar Hopi.

«**¡Whoooorff!**», parece que Papabertie ha bostezado. Y de repente, la cola se mueve.

«¡PLOF!». La cabeza de Papabertie asoma entre la nieve. ¡¡Se había quedado dormido!! Un montón de nieve le ha caído encima desde un árbol y lo ha enterrado.

—¡Hogrgrgroooosssooo! ¡Un zombi! —se pone a chillar el Profesor Salami.

—No, profesor, no —quiere calmarlo Fer—. Solo es que se había quedado dormido…

Pero deben empezar a correr hacia el internado. Parece que un monstruo se aproxima a Sharlok Home, y pronto oscurecerá…

EL ATAQUE

Después de cenar, Balbina ha aparecido con otro de sus inventos:

—¡Es el Silbato-Ultradespertador! Si Papabertie vuelve a dormirse, con esto seguro que lo despertamos. ¡Lástima que no esté aquí para probarlo!

Hoy Papabertie ha preferido quedarse en las cuadras. Al lado de los caballos se está muy calentito.

Hopi se ha aproximado lentamente al silbato. Coge aire y…

—¡PRIIIIIIIIIIIIIIIPPPPPPIIIIIIIIIIIIIIRRIIPPP!

¡El Internado Sharlok Home tiembla de pies a cabeza!

—¿Pegro qué es este hogrgrorrr? —gruñe el Profesor Salami desde su despacho.

—¡Hopi! ¡Vas a llamar la atención del profesor!

—**Hopiiii...** —pide perdón el cachorro, y se cubre los ojos con una patita.

Se sientan ante el fuego del hogar y Balbina empieza a leer el capítulo de hoy de *El hombre invisible*. El protagonista es un inventor que quiere descubrir la fórmula de la invisibilidad...

aunque después se vuelve muy malvado. Balbina se detiene de tanto en tanto y reflexiona.

—Debe ser genial inventar una fórmula que te vuelva invisible…

—Pero Balbina, ¿para qué queremos ser invisibles?

En ese mismo instante se oye un rugido. ¡Un rugido espantoso!

—**¡BROAUUUUUUUUUUGGGHT!**

—¡*Grrrrrrrrííííííííííííí*! —llega la voz del Profesor Salami—. ¡El *monstrgruo* ya está aquí! ¡¡¡*Socogrgrooo*!!!

Y pasa corriendo en dirección a su habitación. Seguro que ahora se esconderá debajo de la cama.

—¿Quién debe ser?

Fer ya se ha levantado.

—**¿Hopi?**

—**¡BROAUUUUUUUUUUGGGHT!**

—¡Se está acercando!

Se oye un estrépito. ¡Una puerta cae al suelo!

Llegan sonidos de cosas que se rompen. Unas cazuelas por el suelo, unos cristales...

—¡Está en la cocina! —dice Fer.

—**¡Hopiiiiiiiiiiiiiiiiiiiiiiiiiiii!**

Hopi se abalanza escaleras abajo, directo a la cocina. La puerta está cerrada. Afortunadamente la cocinera Nonna, que ha oído el estruendo, ya llega con las llaves.

—¡Ay, Señor! ¿Pero qué puede ser? ¡Apartad, niños, quizá es peligroso!

Pero Hopi ya ha entrado y se lanza de cabeza a la oscuridad.

—¡Hopiiiiiiiiiiiiiiiiiixx!

—¡Cuidado, Hopi, espéranos!

—¡Hopi-hopi-hopi! —ladra él.

De repente, un gran silencio invade la cocina. La cocinera Nonna enciende la luz, temblorosa.

Algunas cazuelas aún se balancean. Uno de los armarios está destrozado. La señora Nonna, cuando lo ve, se desespera.

—¡Oh, no! ¡Mis pastelitos de miel! ¡Mis pastelitos!

Por el suelo, entre astillas y cristales, quedan unas migajas de pastel.

En ese momento la cabeza de Papabertie aparece por la puerta.

—Papabertie… ¿Has sido tú? —se horroriza la cocinera.

—Papabertie… —Fer se pone triste. Esta vez Papabertie se ha pasado de la raya.

El enorme perro parece no entender nada.

Se aproxima al lugar de los destrozos y lame algunas migajas de pastel de miel.

Incluso Hopi parece enfadado:

—**¡Bopi!** —le regaña.

El pobre Papabertie se echa en el suelo y se cubre el hocico con las dos patas. ¿Acaso siente remordimientos?

La cabeza del Profesor Salami aparece por la puerta.

—¿Habéis descubiergrto al monstrgruo? ¡Oh! ¿Egra ese pegro sargrnoso? ¡Lo sabía! ¡Voy a vendergrglo a la cargrgnicergría pagra que hagan con él chogrizos y morgrgcillas!

—**Whorfff...** —gime Papabertie.

—¡A las cuadrgras, pegro sagrgnoso! —ordena el profesor—. ¡Chogrizos y morgrgcillaaaaas!

Papabertie mira a sus amigos. Fer le habla con suavidad.

—Es mejor que te vayas a las cuadras, Papabertie. Ya hablaremos mañana de lo que ha pasado hoy aquí. Ahora vete a dormir.

—**Whorff...** —llora el gran perro. Y se va triste, con el rabo entre las piernas y la cabeza gacha.

—**Hopi...** —gime su amigo.

La luna, en el cielo, tiembla como una lágrima.

LA DESAPARICIÓN

El sol ha aparecido más blanco y brillante que nunca. La nieve es tan pura que deslumbra con solo mirarla. Algunos pájaros que han estado jugando extienden sus alas y cierran los ojos mientras vuelan; son felices. Por el cielo también viene caminando una vaca, sonríe y huele las nubes como si de flores se tratara.

¿Una vaca? ¿En el cielo?

Es Petrushka, claro. Le gusta la nieve (ahora tiene la manía de comer grandes cantidades). Se acerca a la ventana del dormitorio.

—Bamuuuuuuuuuu —grita flojito.

Cuando Fer abre la ventana, Balbina aparece por la portezuela de la vaca mecánica

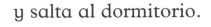

y salta al dormitorio. No ha pegado ojo en toda la noche, trae el cabello revuelto y rojizo, y está muy excitada.

—¡Ya lo tengo!

¡Ven, Hopi! ¡Ahora lo probarás tú!

—¿Qué es lo que tienes, Balbina?

—¡El jarabe!

—**¿Hopi? ¡Eccs!** —Hopi hace muecas. ¡No le gustan para nada los jarabes!

—¡El jarabe de la invisibilidad! ¡No temas, Hopi, sabe a plátano!

—**¿Hopiiiiiii?**

Balbina se ha pasado la noche realizando experimentos en su laboratorio, en las cuadras. Fer, sin embargo, parece preocupado.

—¿Y Papabertie? ¿Ha dormido en las cuadras?

Balbina les cuenta que sí, que ha estado durmiendo todo el tiempo. Sufría pesadillas, gimoteaba y movía las patas.

—Vamos a verlo, pobrecito.

—¿Y quién va a probar mi jarabito…? —pregunta Balbina mientras acaricia las orejitas de Hopi. Pero al cachorro no le hace ninguna gracia probar nada (aunque sepa a plátano) y le saca la lengua:

—**¡Hopiblub!**

Todos se ríen y corren hacia las cuadras antes de que despierte el Profesor Salami.

Es divertido caminar sobre tanta nieve.
Los pies se hunden en ella y es difícil moverse.
¡De Hopi solo se ven las orejas! La Buba Luna
se posa sobre el cachorro como si tuviera miedo
a perderlo, y Petrushka se ha puesto a comer
nieve otra vez.

—¡Te dolerá la barriga, Petrushka! —la
regaña Balbina.

—¡Bamuuuuuuuuuuu-ñam! —contesta ella
con la boca llena.

La puerta de las cuadras está abierta. Dentro
hace un calorcito agradable: los caballos tienen
un corazón tan grande que a su lado no puede
hacer frío.

—¡El jarabe!

La botella no está en su sitio. Desde la
oscuridad llega una voz conocida…

—¡Oh! ¿Se trataba solo de un jarabe? ¡Hisss,
hiss, hisssc! —Es el Sibiuda. Sonríe como una

serpiente—. Se lo he hecho tragar entero al
monstruo mientras dormía…

—¿A Papabertie?

Fer se enfada mucho y se abalanza sobre el
Sibiuda. Pero la nieve ha formado un charco en
el suelo, Fer resbala y se cae sobre el estiércol.

—¡Hac! ¡Eres un patoso, Fernando Badal!
¡Te vas a enterar! —El Sibiuda levanta el pie
para aplastar a Fer.

—¡**Hopiiiiiiiii!** —se abalanza de cabeza Hopi.
Pero alguien ha sido aún más rápido.

—¡BAMUUUUUUUUUUUUUXXXXUU-
UUUUFFFF!

¡Petrushka! Ha expulsado por la nariz un
chorro tan poderoso de nieve que el Sibiuda ha
salido volando por la ventana trasera.

—¡Ayyyyyyyyyyes!

—¡BAMU! —comenta Petrushka, orgullosa.

Mientras tanto nuestros amigos han empezado a buscar a Papabertie.

—Ahora sí que ha desaparecido de verdad… —lloriquea Balbina—. No sé qué puede ocurrirle por culpa del jarabe, solo era un experimento… ¿Y si no vuelve nunca más?

—**¡Hopiiiiiiiiii!** —Hopi no para de llamar a Papabertie. Está muy nervioso. Fer empieza a dar vueltas. Hopi se pone su pipa en la boca y lo imita. De repente se detiene y pega la nariz al suelo mientras mira a Fer.

—¡Claro! Tienes razón, Hopi. ¡Aunque sea invisible, ha debido dejar huellas! ¡Las seguiremos!

Pero al cabo de unos instantes descubren algo horrible. No hay ni una sola huella.

¡Papabertie! ¿Y si ha desaparecido del todo y para siempre?

—**Hopi…**

No llores, Hopi, lo encontraremos.

EL MONSTRUO ESTÁ CERCA

Nuestros amigos no hacen más que pensar. ¿Cómo ha podido desaparecer Papabertie sin dejar huellas? Que sea invisible no significa que no tenga peso...

Balbina se acerca con una olla vieja.

—Aquí he mezclado el jarabe. ¡Mirad, aún queda un poco en el fondo!

—**¡Hopi!** —salta Hopi.

—¿Seguro, Hopi? ¿Y si desapareces tú también?

Hopi quiere probar el jarabe. Quizá así sabrán lo que le ha pasado a Papabertie.

—Pero no es prudente...

—¡Hopi-hopi-hopi-hopi-hopi-hopi-hopi!
—protesta el cachorro.

—De acuerdo… —cede Fer.

Moja la punta de su meñique en el jarabe de la olla y se lo da a probar a Hopi.

—Observemos bien… —dice Balbina, que se lo mira a través de su gran lupa científica.

Hopi se siente extraño. Se mira la barriga, se mira el rabo, se mira la punta de la nariz por si desaparece. Pero no. Quizás… quizás se nota algo más ligero. Como si pesara muy poquito.

—¡Hopi! ¿Qué haces?

—¡HOPIIIIIIIIIIIIIIIIXXXXXX! —se asusta él.

¡Se está separando del suelo, como un globo! ¡Flota en el aire! En pocos segundos ya ha llegado al techo. Ay, había una rendija, ha salido al exterior. ¿Se detendrá? ¿Llegará a la luna?

—¡Petrushka, corre! ¡Tráemelo! ¡Tráemelo

aquí, corre, Petrushkita! —Balbina acciona los mandos a distancia a toda velocidad.

Hopi y Petrushka desaparecen tras las nubes.

—¡BAMUUUU! —se oye.

—¿Qué pasará si no lo encuentra? Hopi es tan pequeño... —Fer va dando saltos como si pudiera ayudar de alguna manera.

—¡Ahí está!

La vaca aparece

entre dos nubes. Camina tranquilamente y
sonríe pacífica como una abuela bondadosa.
En la boca, como un perro que trajera una
pelota, trae a
nuestro pequeño
héroe, que aún está
temblando. ¡Esta vez
Hopi se ha asustado
de verdad!

Fer lo abraza con
fuerza.

—**Hopi...**

—Ya lo entiendo
—piensa en voz alta
Balbina—. El jarabe no te hacc invisible... ¡Te
hace flotar como un globo! Por eso, Papabertie
no ha dejado ninguna huella. ¡Vamos a
buscarlo!

—**¿Hopi?** —pregunta el cachorro.

—No te preocupes, el efecto se pasa al cabo de unos minutos. ¿No lo ves? Ya no flotas.

Hay que encontrar el lugar donde ha ido a parar Papabertie. ¡Es tan despistado que ha debido dormirse mientras volaba y ahora seguro que no sabe volver!

Antes, sin embargo, Fer tiene una idea. Va a buscar un par de donuts a la cocina (¡los hace la señora Nonna y son deliciosos!), los moja en el jarabe que queda en la vieja olla y los deja sobre un taburete.

—¿Para quién son…? —pregunta Balbina.

—Ya veréis… —sonríe Fer.

Se suben al interior de Petrushka. Balbina analiza con sus aparatos la dirección del viento.

—¡El viento sopla hacia el bosque!

—¡Pues vamos hacia allí!

Pero no tienen tiempo ni de sonreír. Un rugido les eriza el pelo.

—¡BROAUUUUUUUUUUUUUUUUUUGGHT!

¡El monstruo! Está cerca. Pobre Papabertie, si se ha topado con él. La Buba Luna se pone a temblar. Hopi, sin embargo, saca la cabeza por el ojo de buey e intenta asustar al monstruo.

—¡Hopiiiiiiiiiiiiiiiiii!

Para dar más miedo, intenta poner la voz muy grave:

—¡Hopooooooooooooooooooo!

Pero es un cachorro y no da mucho miedo, por ahora.

Esperemos que el monstruo se asuste, pequeño amigo, y que no encuentre a Papabertie antes de que lleguemos nosotros.

RASTROS DEL COMBATE

Desde el cielo, el bosque parece una gran nube de azúcar. Desde los abetos más altos, una familia de ardillas contempla a Petrushka, que hoy trota más ligera. Bulbina ha añadido unas gotas de su jarabe flotador al **PROPERGOL**, el combustible de la vaca. Una de las ardillas pequeñas arroja una

bellota hacia el cielo, pero no llega a tocarlos. Sus hermanos se ríen con la travesura y corren a esconderse entre las ramas.

La Buba Luna ha salido al exterior por una de las orejas de la vaca. Da vueltas como una chispa loca para descubrir algún rastro de Papabertie. Sobre el paisaje blanco, sus alas temblorosas parecen una llama.

—¡Mirad! La Buba Luna ha descubierto algo. ¡Nos hace señales para que nos detengamos!

Nos encontramos en la zona más espesa del bosque. Algunos árboles tienen las ramas partidas.

—¡Papabertie ha caído por aquí! ¡Vamos a bajar! —dice Balbina.

—¡BAMUUUUUUUUU! —asiente Petrushka.

Cuando llegan al suelo se encuentran un montón de nieve aplastada, barro y ramas partidas.

Hopi, que se ha puesto su pluma india para correr más deprisa, se pone a ladrar:

—**¡Hopi-hopi-hopi-hopi!**

Ha encontrado migajas de pastel de miel.

—Papabertie... ¿Pero qué ha pasado aquí? ¡Parece que haya habido una pelea! ¡Mirad!

Junto a las de Papabertie hay otras huellas. ¡Son enormes! Y de alguien mucho más grande y pesado que Papabertie...

—¡Ay! ¿Y si el Profesor Salami estaba en lo cierto y hay un monstruo en el bosque? —se estremece Balbina.

—**¡HOPI-HOPI-HOPI!**

—¡Hopi tiene razón, los monstruos no existen!

Pero se ponen en camino. La Buba Luna y Petrushka ya han empezado a seguir el rastro de huellas y ramas destrozadas. Las señales se adentran hacia la zona más profunda del bosque. Parece que alguien haya arrastrado algo grande y peludo. ¿Quizá era el pobre Papabertie?

El gran búho blanco los contempla en silencio. «Uuuuuuuu...», parece pensar, con cara de lástima.

¿Qué nos espera, amigos? ¿Y Papabertie? ¿Qué le habrá hecho el monstruo?

No nos preocupemos antes de tiempo, ¿verdad, Hopi?

—**Hopiiii...**

LA BESTIA OSCURA

El rastro de huellas cruza un campo nevado y un pequeño bosque de hayas sin hojas. Más adelante se hunde en un valle oscuro. Pasa por entre unos troncos caídos y continúa hasta una cueva, al pie de una montaña de roca maciza.

—Esto está muy oscuro… Pero Papabertie debe estar cerca. ¡Balbina, quédate con Petrushka por si salimos corriendo y nos persigue el monstruo! —dice, decidido, Fer.

Petrushka empieza a comer nieve. ¡Nunca se sabe si tendrá que dispararla por la nariz!

—¡Espera! —Balbina ata a la cabeza de Hopi una pequeña linterna de piedras fosforescentes

(un invento de cuando era más pequeña)—.
Hopi puede ponerse delante e ir alumbrando.
¡Id con cuidado!

La Buba Luna Volanda entra la primera.
La cueva parece una gran boca abierta que
les espera. En la oscuridad, las alas de colores
cambiantes de la mariposa emiten una luz
suave, como de estrella lejana.

—**¡Hopi!** —olfatea Hopi—. **¡Hopiiiii!**

Parece que ha notado el olor de Papabertie.

—¡Vamos a entrar!

—**¡BROAUUUUUUUUUUUUUGHT!**

—¡Despacio, Hopi!

La Buba Luna se ha puesto detrás… Quizá es demasiado pequeñita para toparse cara a cara con un monstruo con aquel vozarrón.

—**¡BROAUUUUUUUUUUUUUGHT!**

Hopi se apresura el primero, con la linterna en la cabeza. Las rocas están frías y la oscuridad es absoluta. Se oyen gotas de agua que caen de las estalactitas. De vez en cuando Hopi se pone sobre dos patas y camina practicando los pasos del Pakua Zhang que le enseñó el maestro Dong. Fer también está preparado para cualquier cosa.

—Y ahora silencio, amigos… —La Buba Luna se posa sobre su hombro—. Hasta yo puedo oler la peste del monstruo…

—**Hopi…** —Hopi está llamando muy flojito a Papabertie.

—No grites, Hopi, o el monstruo va a o…

—**¡¡¡BBRRROOOOAAAAUUUUUGGGHHHTTTUUUFFF!!!**

¡El monstruo!

¡El aullido es terrorífico! Una bestia oscura, una masa enorme de pelo negro y rojo y unos ojos inyectados en sangre, se les echa encima.

—¡HOPIIIIIIIIIIIIIIIIII! —como puede, Hopi lo esquiva y le da un empujón. ¡Pero el monstruo tiene tanta fuerza! Se abalanza sobre Fer, que intenta esquivarlo. La cueva es resbaladiza, el suelo está húmedo… ¡Fer casi no puede moverse! ¡Ha caído bajo el monstruo!

—¡Huye, Hopi! —tiene tiempo de decir aún.

Pero Hopi ya se ha lanzado contra la nariz del monstruo.

—¡HOPIIIIIIIIIIIIIIIIIIII!

¿Qué está haciendo la gran bestia?

—¿Hopi?

¡Está lamiendo las mejillas de Fer!

—¡Ecs! ¿Qué haces, monstruo? —intenta decir Fer, lleno de babas.

Hopi se acerca con su linterna.

—¡Papabertie!

¡Es Papabertie!

—¡WHHOOOOOOOOORRRRFFFF!

Cuando Hopi se acerca, Papabertie le da un lametón tan grande que se cae panza arriba. ¡Todos se ponen a reír!

—¡¡BRRROOOOAAAAUUUGGGGGHHHTTTTTUUFFFF!!

¿Pero qué es esto? ¿Quién sigue rugiendo ahí dentro? ¿Hay un monstruo de verdad?

MUTOMBO

—¡¡BRRROOOOOAAAAAUUUUUGGGGGHHHTTTTTUUFFFF!!

—¡WHOOOOOORRRRFFF! —le susurra
dulcemente Papabertie para calmarlo.

—¡Hopi-hopi-hopi!

—No te asustes, Hopi, ven a mi lado —le dice
Fer.

Tímidamente, desde el interior oscuro de
la cueva, aparece un morro húmedo. Después
una gran cabeza peluda. ¡Es más grande que la
cabeza de Papabertie! Y, sin embargo, se trata
de un cachorro.

—¡Un cachorro de oso!

Un cachorro tímido y miedoso de oso pardo.

Blando como un peluche, aunque un peluche enorme.

Entonces Fer lo entiende todo.

—Él era el monstruo, ¿verdad, Papabertie?

—**Whorrrffff...** —asiente Papabertie.

El pequeño cachorro no tiene madre, necesitaba comer. Entró en la cocina de Sharlok Home para devorar los pasteles de miel de la cocinera Non-

na y todo el mundo culpó al pobre Papabertie, que no había hecho nada.

Después, cuando el Sibiuda le hizo tragar, mientras dormía, el jarabe flotador (con sabor a plátano) y Papabertie, triste y solitario, fue a parar al bosque, se encontraron. Se hicieron amigos inmediata- mente, claro. De hecho, Papabertie se parece bastante a un oso. Se zamparon los restos de los

pastelitos de miel y jugaron (así destrozaron las ramas) hasta que el osito se quedó dormido. Papabertie lo arrastró entonces hasta la cueva para que no se resfriara.

—No querías que lo encontraran los cazadores, ¿no es cierto, Papabertie?

—¡Whorrff!

—¡HOPIIIII-IIIIIIIIII! —Hopi está muy contento. ¡Estaba tan preocupado por su amigo!

El oso ya no tiene miedo. Se les acerca tímidamente,

casi se arrastra por el suelo. Papabertie sonríe para que vea que Hopi y Fer son sus amigos. De repente el cachorro resopla:

—**BRUUFFF... ¡MUTOMBO!**

Fer lo entiende enseguida.

—¡Quiere que lo llamemos Mutombo!

—**¿HOPI?**

—¡Sí, Mutombo!

Salen juntos de la cueva. Balbina, preocupada, sostiene un bastón enorme por si ha de rescatar a sus amigos. En cambio, Petrushka ha pensado algo mejor. Hincha sus mofletes, cierra los ojos y aparece un pequeño grifo en su barriga. Y del grifo sale… ¡un delicioso helado! ¡Helado de chocolate caliente! ¡Por eso comía tanta nieve!

—¡Hopi! ¡Fer! —grita Balbina mientras suelta el bastón.

—¡Y Mutombo!

—**¡BROAUGHHTTHH!**

Balbina acaricia al cachorro y lo acerca a Petrushka para que pruebe el helado caliente… ¡Cómo chupa el pequeño!

—¡Nosotros te traeremos comida, cachorro! ¡Papabertie te traerá una cesta cada día!

—¡BAMUUUUUUUUUUUU!

—¡Por supuesto que sí! ¡Petrushka también vendrá a visitarte!

Y todos se ponen a jugar con la nieve. Unas jóvenes ardillas se han aproximado hasta ellos y se unen a los juegos. A Hopi le gusta esconderse en una bola de nieve y que Papabertie lo lance muy lejos.

—¡HOPIIIIIIIIIIIIIIIIIIIIIIIIIIIIIIIIIIIIIIIIIIIIIING!

El bosque entero parece sonreír. La Buba Luna Volanda se siente tan feliz que deja caer sobre los cachorros un polvillo rojo y cálido. Y el gran búho blanco asiente con la cabeza.

EL MONSTRUO ATACA DE NUEVO...

Cuando Fer y Balbina vuelven al internado se encuentran al Profesor Salami muy nervioso. Por suerte, Hopi y la Buba Luna se han escondido bajo la gorra de Fer.

—¡Ho-ho-ho-hogrgrgrgrrrrosssssooo! ¡Hiiii! ¡¡Hogrgrgrogríiiiiíiíssssíííimo!!

—¿Qué le pasa, Profesor?

El hombre señala al techo.

—¿Quiegres bajargr, bogrgrico? ¡Baja ahogra mismo! ¡Esto es hogrgrogrgrossssso!

El Sibiuda está flotando pegado al techo del internado.

—¡Ay! ¡Es culpa de Fer y Balbina! ¡Seguro! ¡Ay! —chilla el Sibiuda.

Fernando y Balbina sonríen. ¡El Sibiuda se ha comido los donuts que Fer mojó en el jarabe flotador!

—Sabía que se los comería… ¡Los donuts de la señora Nonna son demasiado tentadores!

—¡Argrgrgrh! ¿Pegro quiegres hacegrr el favorgr de bajargrgr, cabeza de chorgrlito? —ordena el Profesor Salami.

—¡WHOOORRFF! —se oye la voz de Papabertie.

El Profesor Salami se queda quieto como una estatua.

—¿Ein? ¿El monstrgruo? ¿Qué está haciendo aquí? ¡Fuegra de aquí! ¡¡Mañana voy a llevagrgrlo a la cargrnicegría pagra que hagan chogrizos y morgrcillas con él!!

—¡HOPI! —protesta Hopi desde la gorra.

—¿Ein? —el Profesor observa la gorra peligrosamente.

Pero Balbina es inteligente y se apresura a decir algo.

—¡Profesor! ¡El monstruo no era Papabertie! ¡Él nos ha protegido! ¡El monstruo aún corre por el bosque, lo hemos visto!

—¿Ein? ¡¡Qué *hogrgroggrrrrr*!! ¿Y cómo es ese *monstrgrgruo*?

—Bueno… —dice Balbina —. ¡Es enorme! Tiene cuatro orejas puntiagudas…

—¡Y dos bocas con cincuenta dientes en cada una! —se ríe Fer.

—¡Tiene la barriga como la de una ballena, un rabo venenoso y zarpas de dragón!

El Profesor Salami empieza a temblar, las orejas se le ponen azules y se le doblan las rodillas.

—Pero tranquilo, Profesor Salami. A nosotros no nos va a pasar nada —sonríe Fer.

—¿*Porgrg… porgrg* qué no?

—Porque nos han dicho los cazadores que el monstruo no se come a los niños. Solamente devora profesores.

El Profesor Salami se pone blanco. De repente pega un salto.

—¡Ttiiiii! ¡Ttogrgrgrogrgríííiiiíiiiíiíisssoo! ¡Tto-ho-ho-hogrgrgogrrrosso! ¡Ttiiiii! ¡Prgrgrofesogrgresss!

Empieza a correr hacia su habitación mientras se tira del pelo.

Fer y Balbina se ponen a reír sin parar.

—Ahora Papabertie puede descansar tranquilo, de momento.

—¡Bajadme de aquí, miserables piojos! ¡Algún día

seré invisible, y entonces me vengaré! —chilla aún, desde el techo, el Sibiuda.

—¡No te preocupes, Sibi! En unos minutos bajarás tú solito... —le explica Balbina—. ¡Si es que tú siempre estás en las nubes!

—**¡HOPIIIIIIIIIIIIIII!** —se ríe Hopi.

Esta noche nuestros amigos se van a dormir tranquilos. La nieve vuelve a caer dulcemente sobre el Internado Sharlok Home. Cae sobre los campos y cae también ante la cueva donde, bien calentito, descansa Mutombo. Duerme junto a Papabertie, que ha ido a llevarle la comida y a hacerle compañía.

Dos ventanas brillarán hasta muy tarde en la oscuridad de la noche. La del dormitorio de los niños, que están a punto de acabar *El hombre invisible*, y la del Profesor Salami, que se ha creído la historia del monstruo y tiene miedo de quedarse a oscuras.

Y, si estamos despiertos hasta muy tarde, quizá podremos ver un cachorro de oso cabalgando sobre una vaca mecánica a la luz de la luna.

¡Buenas noches, amigos! ¡Buenas noches, Petrushka! ¡Buenas noches, Mutombo! ¡Buenas noches, Buba Luna, Balbina, Fer y Hopi! ¡No para de nevar y debemos abrigarnos bien! ¿Verdad que sí, Hopi?

ZUZANNA CELEJ

Nacida en 1982 en Lódz (Polonia), ha vivido
desde niña en Barcelona y Gerona. Licenciada
en Fotografía y Grabado por la Universidad de
Barcelona. También estudió Ilustración en la Escuela
de Arte y Diseño Llotja. Ha trabajado en los ámbitos
de la fotografía artística, la pintura y el grabado.
En la actualidad se dedica principalmente al mundo
editorial: ha ilustrado más de cuarenta libros dentro
y fuera del país. Su obra ha sido expuesta en España,
Francia, Inglaterra, Polonia y Estados Unidos.

J.L. BADAL

Poeta, escritor y profesor (aunque ha hecho trabajos
muy diferentes). Ama el silencio, la música, leer
y escribir, la naturaleza, el taichí y los perros,
¡claro! En el ámbito infantil y juvenil ha publicado
obras para primeros lectores, los seis volúmenes
de la saga *Juan Plata* (Premio Folch i Torres) y el
maravilloso *Los libros de A* (escogido libro del año
en distintos medios de comunicación). Sus obras se
han traducido al portugués, holandés, danés y chino,
entre otros idiomas. Ahora mismo está escribiendo,
entusiasmado… ¡otro *Hopi*!

SI TE HA GUSTADO ESTA AVENTURA, FER, BALBINA Y HOPI TE ESPERAN CON NUEVOS CASOS. ¡ACOMPÁÑALOS!

EL MISTERIO DE LA LUNA
(ILUSTRACIONES DE ZUZANNA CELEJ)

EL PERRO VERDE
(ILUSTRACIONES DE ZUZANNA CELEJ)

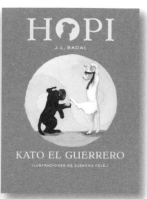

KATO EL GUERRERO
(ILUSTRACIONES DE ZUZANNA CELEJ)

HOPI Y LOS INDIOS
(ILUSTRACIONES DE ZUZANNA CELEJ)

EL CERDITO-MOFETA
(ILUSTRACIONES DE ZUZANNA CELEJ)

LA IMAGINACIÓN DE MAZZANTI
(ILUSTRACIONS DE ZUZANNA CELEJ)

¡PAPABERTIE HA DESAPARECIDO!
(ILUSTRACIONES DE ZUZANNA CELEJ)

EL NIÑO-PALOMITA
(ILUSTRACIONES DE ZUZANNA CELEJ)

HOPI

HOPI Y EL CIRCO DE TRUMPWALSTEIN

UNA ENTREGA MUY ESPECIAL:

un nuevo misterio para resolver,
el peluche de nuestro pequeño héroe
y un póster, de regalo.